. Clár .

I gCéin is i gCóngar

GEARRSCÉALTA NUASCRÍOFA

W10

⟶ B.W.B

Dearthóirí Áiseanna
Teagaisc na Gaeilge a thiomsaigh

Martin Fagan a mhaisigh

An Gúm

Baile Átha Cliath

ISBN 978-1-85791-811-3

Baineann an saothar seo le scéim Dhearthóirí Áiseanna Teagaisc na Roinne Oideachais agus Eolaíochta atá ann chun áiseanna Gaeilge a sholáthar do na bunscoileanna Gaeltachta agus do na bunscoileanna lán-Ghaeilge.

Cathal Ó Manacháin, Patricia Forde agus Ailbhe Nic Giolla Bhrighde, Máire Ní Chualáin agus Uinsionn Ó Domhnaill a scríobh

Dearadh agus leagan amach: Susan Meaney

Obair ealaíne: Martin Fagan

Turner's Printing Co. Teo. a chlóbhuail in Éirinn

Le fáil tríd an bpost uathu seo:

An Siopa Leabhar, *nó* An Ceathrú Póilí,
6 Sráid Fhearchair, Cultúrlann Mac Adam-Ó Fiaich,
Baile Átha Cliath 2. 216 Bóthar na bhFál,
siopa@cnag.ie Béal Feirste BT12 6AH.
  leabhair@an4poili.com

Orduithe ó leabhardhíoltóirí chucu seo:

Áis, *nó* International Education Services,
31 Sráid na bhFíníní, Eastát Tionsclaíoch Weston,
Baile Átha Cliath 2. Léim an Bhradáin,
eolas@forasnagaeilge.ie Co. Chill Dara.
  info@iesltd.ie

An Gúm, 24-27 Sráid Fhreidric Thuaidh, Baile Átha Cliath 1

Luchóg na Gaeilge

Cathal Ó Manacháin

Bhíodh sé i gcónaí ina sheasamh leis féin ag coirnéal an choláiste ag am sosa. D'fheiceadh Brídín é ón seomra thuas staighre nuair a bhíodh sí ag cuidiú lena mamaí an teach a ghlanadh. Buachaill beag faiteach a bhí ann. Chuir sé luchóg i gcuimhne di.

Cailíní i gcónaí a bhíodh ag stopadh tigh Bhrídín. Bhíodh i gcónaí glanadh le déanamh ina ndiaidh. Gach samhradh déarfadh a máthair nach raibh sí ag dul a choinneáil cailíní arís mar go raibh barraíocht oibre leo. Ach gach earrach d'athraíodh sí a hintinn arís. Bhí eagla uirthi go mbeadh na buachaillí 'rógharbh'.

5

Shíl Brídín go raibh cuid de na buachaillí sa choláiste garbh, ceart go leor, ach ní raibh rud ar bith garbh faoin luchóg. Chonacthas di gur ghasúr beag séimh a bhí ann. Ní hé go raibh aithne aici air. Le fírinne níor labhair sí leis riamh, fiú. B'fhéidir nach raibh caint ar bith aige. Ansin chuimhnigh sí ar phríomhoide an choláiste.

'Labhraígí Gaeilge! **MAIDIN, NÓIN AGUS OÍCHE!**' a screadadh sé ón ardán gach tráthnóna i ndiaidh an chéilí.

D'éiríodh a aghaidh chomh dearg le traidhfil agus é ag búireadh. Thug na scoláirí 'an mharóg' air. Ach dá mbeadh an luchóg balbh ní bheadh sé ábalta Gaeilge ar bith a labhairt. Ní shásódh sé sin an príomhoide.

Dhéanadh na scoláirí eile neamhaird de ag an chéilí mar luchóg. Ní fhaca Brídín duine ar bith acu ag caint leis riamh. B'as Baile Átha Cliath an mhórchuid de na gasúraí agus bhíodh siad i dtólamh ag iarraidh a bheith 'fionnuar' (mar a déarfadh siad féin) os comhair na gcailíní.

Baineadh geit as Brídín nuair a chuala sí gáire mór

taobh amuigh den choláiste. Lig sí don bhraillín a bhí ina lámh titim agus dhearc an fhuinneog amach. Bhí cúpla cailín i ndiaidh beannú don luchóg. Ansin rith siad ar shiúl agus iad ag gáire. Na cailíní céanna a bhí ag stopadh tigh Bhrídín, agus iad ag déanamh ar an teach don lón. Rith Brídín síos an staighre sular bhain na cailíní an teach amach. Níor mhaith léi go dtiocfadh siad uirthi agus í go fóill sa seomra seo acu. Ní hé go mbíodh sí ag déanamh aon rud as áit, ach bhí rabhadh a máthar i gcónaí ina ceann: 'Ná bain do stuif na gcailíní in am ar bith.'

'Dia *gwitch*, Bean an Tí!' a scairt siad nuair a tháinig siad an doras isteach.

'Maith sibh, a chailíní,' a d'fhreagair máthair Bhrídín. 'An bhfuil ocras oraibh?'

'Ó, is ea, Bean an Tí,' an freagra a fuair sí.

Chonacthas do Bhrídín gurbh in é an freagra a thugadh na cailíní ar achan cheist. Smaoinigh sí fosta gur dóiche gurbh in a raibh de Ghaeilge ag cuid acu. Dá dtiocfaí Gaeilge a thabhairt uirthi. Samhradh i ndiaidh samhraidh thagadh siad go Baile na hÁille, ach ní thógadh siad leo Gaeilge na

Gaeltachta riamh. Ar a laghad, áfach, bhí cuideachta sna cailíní seo, agus tréan cainte acu, má bhí a gcuid Gaeilge briotach achrannach féin.

'Céard a dúirt tú le Brian?' a d'fhiafraigh duine acu den chailín a bhí ag caint leis an luchóg.

'Dúirt mé, *"Are you going to the céilí tonight?"'*

'Agus cad a dúirt sé?'

'Dúirt sé, "Tá brón orm ach ní labhraím Béarla."'

Leis sin fágadh an t-iomlán acu sna trithí gáire.

An t-iomlán acu seachas Brídín. Bhí dúil aici sna cailíní ach níor thaitin an cineál sin magaidh léi. Ach bhí dhá rud ar eolas aici anois. Brian an t-ainm a bhí ar an luchóg agus ní raibh cairde ar bith aige ó tharla gur dhiúltaigh sé Béarla a labhairt. Fear beag suimiúil a bhí ann, mar sin. Chonacthas do Bhrídín gur mhaith léi aithne a chur air.

Bhí cead ag muintir an bhaile dul go dtí na céilithe sa halla. An oíche sin chuaigh Brídín ann chomh maith le duine. Bhí dúil mhór aici bheith ag damhsa.

'IONSAÍ NA HINSE ANOIS! CEATHRAR OS COMHAIR CEATHRAIR. ISTEACH AGUS AMACH, ISTEACH AGUS AMACH!'

Scairt an múinteoir damhsa treoracha an damhsa isteach sa mhicreafón ach, dar le Brídín, ní raibh micreafón ar bith a dhíobháil air nó thiocfadh leat é a chluinstin i Leitir Ceanainn gan é. Ach nár chuma? Bhí Brídín ag damhsa leis na scoláirí óna teach agus bhí am ar dóigh aici. Lean an múinteoir damhsa leis na treoracha, an príomhoide ina sheasamh taobh leis ag coinneáil súile ar chúrsaí.

'BUACHAILLÍ TRASNA. CAILÍNÍ TRASNA. ANOIS LUASCAIGÍ. GREIM UILLINNE AR DO PHÁIRTÍ!'

Nuair a bhí an damhsa thart bhí tuirse ar Bhrídín. Bhí spás taobh le Brian.

'An bhfuil aon duine ina shuí ansin?' a d'fhiafraigh sí de agus a hanáil i mbarr a goib aici.

'Chan fhuil,' a d'fhreagair Brian go faiteach.

'Is mise Brídín,' ar sise nuair a tháinig a hanáil léi arís.

'Is mise Brian,' a d'fhreagair an luchóg.

Bhí a fhios sin ag Brídín cheana féin, ar ndóigh,

ach ní dúirt sí rud ar bith.

'An bhfaca tú sinn ag damhsa?' a d'fhiafraigh Brídín den luchóg.

'Chonaic,' ar seisean. 'Tá tú go maith ag damhsa. Agus tá Gaeilge mhaith agat fosta.'

'Bhuel, tá súil agam go bhfuil. Rugadh agus tógadh anseo i mBaile na hÁille mé,' ar sise ag gáire.

D'amharc sí ar an luchóg agus bhí aoibh an gháire airsean fosta. Chaith Brídín agus Brian tamall fada ag comhrá. Dúirt sé léi nach raibh aon dearthair ná deirfiúr aige. Tógadh le Gaeilge é ach ní raibh duine ar bith dá chairde sásta Gaeilge a labhairt leis, fiú sa Ghaelscoil sa bhaile. Ach bhí sé an-sásta bualadh le Brídín.

Leis sin tháinig scoláirí an tí anall chucu agus tharraing siad Brídín amach ag damhsa leo arís.

'Tchífidh mé arís thú, a Bhriain,' arsa Brídín.

'Tchífidh, cinnte,' arsa Brian agus aoibh air.

Tonnta Thoraí an chéad damhsa eile. Rinne Brídín agus na cailíní an oiread gáire go raibh na deora leo. Nuair a bhí an damhsa thart tháinig sí ar ais go dtí an áit a raibh Brian ina shuí ach bhí sé imithe. Chuaigh Brídín amach go dtí an leithreas. Bhí sí díreach ar a bealach isteach sa halla mór arís nuair a chuala sí an príomhoide. Bhí sé ag béicíl in ard a chinn.

'Focal amháin eile Béarla uaitse agus beidh tú ar bhus Bhaile Átha Cliath sula dtig leat Molly Malone a rá!'

Níorbh é sin an chéad uair a chuala sí an mharóg ar an téad sin. D'amharc sí thart an coirnéal go bhfeicfeadh sí cé a bhí gaibhte anois aige. Bhí doras na hoifige ar oscailt. Ní raibh Brídín in ann é a chreidiúint. Brian a bhí ann agus é ag glacadh leis an íde béil. Brian ag labhairt Béarla? I ndiaidh an chomhrá a bhí aici leis, ní chreidfeadh sí é. Ach lean an mharóg leis:

'Nach bhfaca mé le mo shúile cinn féin thú agus tú ag geabaireacht leat sa halla! Ná habair liom gur i nGaeilge a bhí tú ag caint leis an chailín rua sin. Samhlaigh é! Bleá Cliathach cosúil leatsa a bheith in ann labhairt mar sin i nGaeilge!'

Tuigeadh do Bhrídín ansin gurbh í féin ba chúis

11

le barúil an phríomhoide. Chuaigh sí abhaile agus croí trom aici. Bhí a máthair roimpi sa chistin ag réiteach an tsuipéir. Chuir Brídín an scéal ina láthairse.

'Níl sé cothrom, a Mhamaí. Is é Brian an t-aon scoláire a labhraíonn Gaeilge an t-am ar fad agus tá an príomhoide anuas air as a bheith ag labhairt Béarla. Níor chuala mise aon fhocal Béarla uaidh agus mé ag caint leis.'

'Tá an ceart agat, a thaisce,' arsa a mamaí, 'ach is minic éagóir déanta ar dhuine neamhurchóideach.'

An oíche sin chuaigh Brídín a smaoineamh ar Bhrian agus ar an méid a dúirt a mamaí. Bhí an príomhoide ag déanamh éagóra air agus ní raibh aon duine ag déanamh a dhath ar bith faoi dtaobh de. Ní raibh an dara suí sa bhuaile aici. Bheadh uirthi an fhadhb seo a chur i gceart.

Ar maidin bhuail Brídín cnag ar dhoras oifig an choláiste.

'ISTEACH.'

Baineadh stad aisti. Ach thóg sí a ceann, bhrúigh sí siar a guaillí agus rug sí ar bhoschrann an dorais.

'Cé thusa,' a d'fhiafraigh an mharóg di, a athsmig ag brú thar bhóna a léine agus é ag dearcadh go grinn ar Bhrídín.

'Brídín,' ar sise.

'Cén rang?'

'Níl mé i rang ar bith. Is as an bhaile mé.'

'Cé leis thú?' ar seisean.

'Le Mary Eoghain Shéamais,' arsa Brídín.

'Tá fhios agam anois cé thú, mar sin. Tá seanaithne agam ar do mháthair, Mary Eoghain Shéamais Mháire Dhonnchaidh Mhóir.'

Níor thug Brídín freagra ar bith air. Bhí sé de nós ag an mharóg a bheith ag maíomh as an aithne a bhí aige ar mhuintir an bhaile. Níor thuig sé féin, áfach, gur duine as baile isteach a bheadh i gcónaí ann cé go raibh corradh le caoga samhradh caite aige i mBaile na hÁille.

D'amharc Brídín thart ar an oifig. Bhí cuma an-néata ar an áit. Smaoinigh sí go raibh an chuma uirthi nach ndéantaí mórán oibre inti.

'Agus cad é atá tú a dhéanamh anseo?'

'Tháinig mé a labhairt leat faoi scoláire,' a

d'fhreagair Brídín.

'An bhfuil bean de na cailíní sin ag tabhairt trioblóide sa teach?' a d'fhiafraigh an mharóg di. 'Abair liom cé hí agus …'

'Ní cailín atá ann,' arsa Brídín.

'An bhfuil duine de na buachaillí ag cur isteach ort?' ar seisean.

'Níl,' a d'fhreagair Brídín.

Tharraing sí anáil agus shocraigh sí í féin.

'Tá tusa ag cur isteach ar dhuine de na buachaillí.'

Bhí tost sa seomra ar feadh cúpla soicind, ach mhothaigh Brídín gur mhair sé deich mbomaite.

'Cad é atá i gceist agat, a chailín?' a bhéic an príomhoide.

'Thug tú amach do Bhrian Ó Buachalla as a bheith ag labhairt Béarla ag an chéilí aréir. Ach ní Béarla a bhí á labhairt aige.'

'Cad é?'

Bhí leathshúil ag éirí mór agus an leathshúil eile beagnach druidte ag an phríomhoide.

'Gaeilge a labhraíonn Brian an t-am ar fad.'

'Agus cad é mar atá a fhios agatsa sin?'

'Mar gur Gaeilge ar fad a labhair sé liom aréir ag an chéilí. Bíonn na cailíní sa teach i gcónaí ag gáire faoi cionn is nach labhróidh sé Béarla leo!'

Agus Brídín ag siúl ar ais chun tí, bhí rud beag imní uirthi go mb'fhéidir nár chreid an príomhoide í. Agus fiú má chreid, b'fhéidir go gcaithfeadh sé níos measa le Brian mar gheall ar gur labhair sí chomh díreach sin leis.

Bhí dúil mhór ag Brian i ranganna na maidine. Ba é a fhor is a fhónamh a bheith ag tógáil nathanna agus leaganacha maithe cainte. Ach níorbh amhlaidh do bhunús na scoláirí. Ní raibh siadsan ach ar mhaithe le craic agus cuideachta.

Agus an múinteoir ag scríobh ar an chlár chuala sé scríobadh ó chúl an tseomra. Nuair a d'amharc sé síos ní raibh ach duine amháin ag amharc ina threo, mar a bhí, Brian. Ar ndóigh bhí, mar nach raibh sé ag iarraidh a dhath ar bith a scríobhfadh an múinteoir a chailleadh. Nuair a bhuail an cloigín rith na scoláirí amach chomh tiubh géar agus a tháinig leo ach lean Brian air ag críochnú a nótaí. Ní raibh fágtha ach é féin agus an múinteoir nuair a bhí sé ar tí imeacht.

'Bomaite beag amháin, a mhic Uí Bhuachalla,' arsa an múinteoir, 'cad é a bhí ar bun agatsa i rith an ranga?'

'Bhí mé ag éisteacht agus ag scríobh, sin an méid,' a d'fhreagair Brian.

Shiúil an múinteoir síos a fhad leis agus cad é a chonaic sé ach ainm Bhriain scríofa ar an bhinse.

'Chonaic mé do leithéidse roimhe. Chomh ciúin sin nach leáfadh im i do bhéal ach ag briseadh rialacha an choláiste i rith an ama. Is ea, chuala mé go raibh tú ag labhairt Béarla ag an chéilí aréir. Agus amharc a bhfuil déanta agat anois! Cluinfidh an príomhoide faoi dtaobh de seo. Beidh daor ort as damáiste a dhéanamh do throscán an choláiste.'

Leis sin, chuir sé a cheann amach an doras agus ghlaoigh sé ar an phríomhoide a bhí ar dualgas sosa sa dorchla.

'Cad é a rinne sé?' arsa an príomhoide i ndiaidh

dó a bheith ag caint leis an mhúinteoir.

'Tá, a ainm a scríobh ar cheann de na suíocháin sa seomra ranga.'

'Agus an bhfaca tú é ag gabháil dó?'

'Ní fhaca, ach ainm seo aige a bhí scríofa agus chuala mé an scríobadh le mo dhá chluas!'

Rinneadh staic de Bhrian. Bhí a aghaidh lasta agus bhí eagla air go mbrisfeadh a ghol air dá n-osclódh sé a bhéal.

'Tá iontas orm faoi seo, a Bhriain,' arsa an príomhoide leis. 'An scríobhfá ar an troscán sa bhaile?'

'Ní scríobhfainn, a mháistir, agus níor scríobh mé ar an troscán anseo ach oiread.'

'Taispeáin an damáiste dom,' arsa an príomhoide.

'Bhi brian O'BUAKLA aNSeo' na focail a bhí scríofa. Thóg an príomhoide cóipleabhar Bhriain. D'amharc sé ar an ainm agus ar na nótaí a bhí scríofa ag Brian.

'Cibé duine a scríobh seo, ní hé an gasúr seo a rinne é, ar scor ar bith. Amharc, a mháistir, tá gach rud sa chóipleabhar litrithe go foirfe aige. Caithfimid a bheith cúramach sula gcuirimid rudaí i leith daoine.'

D'amharc sé ar Bhrian agus chaoch sé súil air.

Ní fhaca Bridín mórán eile den luchóg an chuid eile den tseachtain sin mar go raibh an cúrsa ag teacht chun deiridh agus go raibh sí gnóthach ag cuidiú lena Mamaí ag déanamh réidh don chéad chúrsa eile.

Bhí na scoláirí gnóthach fosta mar go raibh coirm cheoil le bheith acu an oíche roimh an Chéilí Mhór agus go raibh siad ag cleachtadh ceoil agus amhrán agus drámaí beaga. Bhí na duaiseanna le bronnadh ag an choirm cheoil fosta agus bhí na scoláirí uilig ag dúil go mór leis sin. Bhí lánscoláireacht mar dhuais don duine is mó a ghlac páirt i saol an choláiste. Bhí scoláirí tigh Bhrídín lánchinnte de go bhfaigheadh duine acu féin an duais. Nárbh iadsan an dream ba mhó craic agus cuideachta ar fad!

Oíche na coirme ceoil bhí cuid de na míreanna sultmhar go leor. Cuid eile acu, áfach, ní raibh siad thar mholadh beirte. Faoi dheireadh tháinig am bronnta na nduaiseanna.

Bhí ciúnas sa halla nuair a shiúil an príomhoide amach ar an ardán. Thosaigh sé ag caint faoin tábhacht a bhain le bheith páirteach in imeachtaí uile an choláiste, idir spórt, spraoi agus ranganna. Ansin d'oscail sé clúdach litreach. Léigh sé amach ainm.

'Is é scoláire an chúrsa i mbliana ná …'

Tost iomlán.

'… Cillian de Búrca!'

Lig buachaillí Bhaile Átha Cliath liú millteanach áthais. Thosaigh siad ag béicíl 'Cillian! Cillian! Cillian!' Rogha na coitiantachta, gan amhras ar bith. I ndiaidh tamaillín shíothlaigh an gleo.

'Ciúnas anois,' arsa an príomhoide. 'Tá duais speisialta le tabhairt agam i mbliana ar an chúrsa seo, mar atá bonn agus scoláireacht don scoláire is fearr ó thaobh labhairt na Gaeilge de. Tá an duais seo ag dul ... do Bhrian Ó Buachalla!'

Bhí bualadh bos chomh mór sin nuair a shiúil Brian suas leis an duais a thógáil, go raibh eagla ar Bhrídín go dtógfaí an díon den choláiste. Mhothaigh sí féin deora ag éirí ina súile chomh maith ach thuig sí gur deora sonais a bhí iontu.

Bhí aitheantas faighte ag a cara sa deireadh.

Cian agus an Bainisteoir Bacach

Ailbhe Nic Giolla Bhrighde
agus Patricia Forde

Bhí Cian ina sheasamh ar an taobhlíne. Bhí sé fuar agus fliuch. Ach ba chuma. Thaitin an iománaíocht leis thar aon ní eile ar domhan. Gleo na gcamán agus iad ag bualadh in éadan a chéile. An sliotar ag eitilt ar luas lasrach tríd an aer. Na himreoirí, báite le hallas, ag béicíl go bagrach ar a chéile. Agus an bainisteoir bacach ag screadaíl leo in ard a ghutha.

'Ní sa bhaile ag cniotáil atá sibh anois, a leisceoirí lofa!'

Seachas Cian agus cúpla seanóir, ní raibh mórán lucht leanúna ag foireann na bhfear de chlub iománaíochta Setanta. Ní nach ionadh. Níor bhain siad cluiche le haois cait. Rith na himreoirí suas síos an pháirc chuile Dhomhnach, gan ord gan eagar, go dtí gur séideadh an fhead deiridh. Chrom Cian a cheann le náire. Cluiche eile caillte acu.

~Tigh Hiúdaí~		
Setanta	0	03
Droim	3	17

Thosaigh an bainisteoir bacach ag eascainí gan náire.

'A leisceoirí lofa! Táim náirithe ceart agaibh! Mise! An fear a bhuaigh trófaí Chú Chulainn tráth! Náirithe glan agaibh!'

D'fhéach Cian ar na himreoirí bochta agus iad ag fágáil na páirce. Cibé díograis agus cibé spreacadh a bhí iontu an mhaidin sin, bhí siad ídithe anois. Bhuail taom feirge Cian. Theastaigh uaidh focal a bheith aige leis an mbainisteoir. Theastaigh uaidh a leabhar beag dubh a thaispeáint dó. Leabhar a bhí lán le straitéisí imeartha a bhí oibrithe amach go cúramach aige. Straitéisí a thógfadh foireann Setanta chuig Páirc an Chrócaigh go cinnte!

Ach bhí eagla ar Chian labhairt leis an mbainisteoir bacach. Fear crosta bagrach a bhí ann in amanna. Fear dímhúinte. Bhí trófaí Chú Chulainn gnóthaithe aige ina óige, trófaí a chruthaigh, dar leis, gur saineolaí é ar chúrsaí iománaíochta. In ainneoin a thrófaí cháiliúil, áfach, ba léir do Chian agus do mhórán den phobal nach raibh sé ar a chumas straitéisí imeartha a oibriú amach d'fhoireann Setanta.

D'fhéach Cian ar an mbainisteoir bacach. Bhí sé ar bís le dul chun cainte leis ach bhí a chosa greamaithe den spota. Cén fáth a n-éisteodh an bainisteoir le buachaill nach raibh ach dhá bhliain déag d'aois? Chun comhairle a chur air maidir le foireann daoine fásta! Buachaill nár éirigh leis áit a fháil ar fhoireann B na scoile fiú!

Cé nach raibh aon mhaith le Cian ar an bpáirc imeartha, áfach, ní raibh tada faoin iománaíocht nach raibh ar eolas aige. D'éist sé go cúramach leis na saineolaithe spóirt ar an raidió agus ar an teilifís. Léigh sé na leathanaigh spóirt sna nuachtáin. Chuartaigh sé blaganna faoin gcluiche ar an idirlíon. Níorbh fhada gur thuig sé nach raibh in easnamh ar fhoireann Setanta ach beagáinín treorach. Thosaigh Cian ag oibriú amach straitéisí imeartha don fhoireann. Oíche i ndiaidh oíche, d'oibrigh sé go crua ar a chuid pleananna. Tharraing sé léaráidí móra agus léaráidí beaga. Chuir sé Mac an Easpaig sa chúl. Tharraing sé siar Ó Tuama. Chuir sé Ó Dubhthaigh i lár na páirce is thug sé bata is bóthar do Liam Ó Cualáin. Bhí na straitéisí ar fad scríota síos aige ina leabhar beag dubh.

Shiúil Cian i dtreo an bhainisteora. Stop sé. Ní fhéadfadh seisean comhairle a chur ar an bhfear a ghnóthaigh trófaí Chú Chulainn tráth! Chaith sé an leabhar beag dubh isteach i mbosca bruscair agus thug sé aghaidh ar an mbaile agus croí trom aige.

Sheas an bainisteoir bacach ina aonar ag taobh na páirce. Bhí chuile dhuine eile imithe abhaile faoi seo. Cluiche eile caillte. Domhnach eile curtha amú. Smaoinigh sé ar an trófaí a bhí ina shuí ar an matal sa bhaile aige. Trófaí Chú Chulainn, an t-iománaí is fearr a thóg camán ina lámh riamh. Lig sé osna. Ní raibh tada ar domhan ab fhearr leis ach foireann Setanta a thabhairt chomh fada le Páirc an Chrócaigh lá éigin. Rug sé ar a chamán is thug poc mór fada trasna na páirce dá shliotar. Suas, suas, suas san aer leis an sliotar gur thit sé faoi dheireadh isteach i mbosca bruscair.

Shiúil an bainisteoir trasna na páirce lena shliotar a fháil ar ais. Nach air a bhí an t-iontas leabhar beag dubh a fheiceáil sa bhosca bruscair taobh lena shliotar.

Straitéisí Imeartha d'Fhoireann Setanta

Bruscar

D'fhéach sé mórthimpeall. Ní raibh éinne le feiceáil. Bhí sé ina aonar. Go sciobtha, phioc sé an leabhar beag dubh amach as an mbosca bruscair agus d'oscail é. Bhí léaráidí tarraingthe ar chuile leathanach. Léaráidí móra agus léaráidí beaga. Léaráidí a thaispeáin an áit is fearr ar an bpáirc do chuile imreoir as foireann Setanta i lár cluiche. Straitéisí imeartha a bhí oibrithe amach go cúramach néata. Ní raibh a fhios ag an mbainisteoir bacach an raibh aon mhaith leo nó nach raibh. Ach ní raibh dabht ar bith ann. B'fhiú iad a thriail. Ní fhéadfadh cúrsaí éirí faic níos measa ná mar a bhí, ar aon chaoi. I bpreab na súl, bhí an leabhar beag dubh ina phóca aige agus é ag déanamh ar an mbaile.

Den chéad uair le blianta fada d'fhan Cian ag an mbaile ar an Domhnach in áit a ghabháil chuig an gcluiche. Bhí iontas ar a mham. Bhí iontas níos mó uirthi nuair a d'inis Cian di go raibh sé réidh leis an iománaíocht agus le foireann Setanta. Ach ba ar

Chian a bhí an t-iontas ba mhó an lá sin. Mar, ar an lá sin, an lá ar fhan Cian ag an mbaile is nach ndeachaigh sé chuig an gcluiche, bhain foireann Setanta ar fhoireann na Cille 1:15 in aghaidh 0:9!

An Domhnach dár gcionn bhí Cian ar an gcéad duine ar an taobhlíne. Bhí céilí ar siúl ina bholg is bhí an t-allas ina rith lena bhosa.

Thosaigh an cluiche faoi dheireadh. Níorbh fhada gur thuig Cian go raibh rud éigin difriúil faoi fhoireann Setanta. Bhí plean ag na himreoirí, murab ionann is cluichí eile. Ní raibh siad ag rith suas síos an pháirc gan ord gan eagar. Bhí imreoirí na foirne eile á marcáil go cúramach acu. Bhí straitéisí imeartha éagsúla á gcleachtadh acu. Bhí Ó Dubhthaigh i lár na páirce. Ní raibh Ó Cualáin le feiceáil. Bhí Mac an Easpaig sa chúl …

D'fhéach Cian ar an mbainisteoir bacach. Bhí leabhar beag dubh ag gobadh amach as a chúlpóca. Arbh fhéidir gurbh é sin an leabhar beag dubh a chaith Cian isteach sa bhosca bruscair dhá sheachtain roimhe sin? An leabhar ina raibh a chuid straitéisí imeartha ar fad scríofa? Ní fhéadfadh sé …

An bhféadfadh? Leag an bainisteoir lámh chosanta ar an leabhar. D'fhéach sé ar Chian a bhí ag stánadh go géar ar a chúlpóca.

Nuair a bhí an cluiche thart d'fhan Cian le labhairt leis an mbainisteoir.

'Comhghairdeas,' ar sé. 'Tá go leor athruithe curtha i bhfeidhm agat ó thaobh straitéisí imeartha le coicís anuas. Feicim go bhfuil Mac an Easpaig curtha sa chúl agat.'

'Go raibh maith agat,' arsa an bainisteoir bacach go gealgháireach. 'Ó, is ea. Is maith an rud é an straitéis imeartha a athrú anois is arís.'

Ach ba léir gur mhothaigh an bainisteoir míchompordach. Bhí a fhios aige go raibh a rún ar eolas ar chaoi éigin ag Cian.

'Tá a fhios agat gur liomsa an leabhar beag …,' arsa Cian ach shlog an slua é sula bhféadfadh sé níos mó a rá.

Bhí líon mór grianghrafadóirí ann ó na páipéir áitiúla. Iad ar fad ag iarraidh grianghraf a thógáil den bhainisteoir bacach. A gcuid ceamaraí móra ag clic-clic-cliceáil. Is beag nach raibh Cian dallta ag na soilse geala.

'Mise a chum na straitéisí imeartha sin atá in úsáid agat le foireann Setanta,' a scread sé leis an mbainisteoir bacach in ard a ghutha. 'Ná bí ag ligean ort gur tú féin a chum iad!'

Lig an bainisteoir air nár chuala sé Cian. Ansin rug sé greim air agus bhrúigh isteach ina charr é. D'iompaigh an bainisteoir ar ais i dtreo na ngrianghrafadóirí ansin agus rinne gáire mór leo. Lean siad orthu ag tógáil pictiúr. Clic-clic-cleaic!

Faoi dheireadh d'imigh na grianghrafadóirí agus shuigh an bainisteoir isteach sa charr. Níor dhúirt sé tada ar feadh nóiméid. D'fhéach sé ar an mbuachaill beag a bhí ina shuí i suíochán an phaisinéara. Bhí an buachaill seo cliste gan aon amhras. Agus bhí an-tuiscint aige ar an iománaíocht. Ach, ag deireadh an lae, ní raibh ann ach buachaill dhá bhliain déag d'aois. Buachaill nár éirigh leis fiú áit a fháil ar fhoireann B na scoile! Fear mór fásta ba ea eisean. Fear nach raibh a shárú le fáil ar an bpáirc imeartha … tráth. Fear a raibh trófaí Chú Chulainn suite ar an matal sa bhaile aige! Thaitin an ghlóir agus an moladh go mór leis. Níor theastaigh uaidh pilleadh ar an sean-am, ar an gcáineadh agus ar an ngráin.

Bhí a fhios ag an mbainisteoir bacach céard a bhí le déanamh aige. Tharraing sé anáil mhór cheolmhar trína fhiacla briste.

'Tá a fhios agat nach gcreidfidh lucht na bpáipéar mé má deirim leo gur buachaill dhá bhliain déag atá taobh thiar de na straitéisí imeartha nua ag foireann Setanta,' ar sé faoi dheireadh. 'Go háirithe buachaill nach bhfuil mórán maitheasa ann chun iomána. Ach cad faoi seo. Má éiríonn le foireann Setanta dul chomh fada le Páirc an Chrócaigh, eagróidh mise preasócáid speisialta leis an scéal go léir a mhíniú agus lena rá gur tusa, agus nach mise, a d'oibrigh amach na straitéisí imeartha nua. Ceart go leor?'

Níor dhúirt Cian tada. Bhí sé ar bís go mbeadh a fhios ag an saol mór gur mar gheall ar a chuid straitéisí imeartha siúd a bhí foireann Setanta ag baint a gcuid cluichí le gairid. Ach, mar sin féin, bhí a fhios aige go raibh an ceart ag an mbainisteoir bacach. Cé a chreidfeadh an scéal gurbh eisean a chum na straitéisí nua!

D'fhéach an bainisteoir bacach go mífhoighdeach air ag fanacht le freagra.

'Ar choinníoll amháin,' arsa Cian leis.

D'ardaigh an bainisteoir bacach a mhalaí go ceisteach.

'Go ligfidh tú dom tuilleadh straitéisí imeartha a oibriú amach don fhoireann,' arsa Cian.

'Cinnte,' arsa an bainisteoir bacach.

Is tuige nach ligfeadh? Ní raibh ar a chumas féin iad a oibriú amach. Buachaill cliste a bhí sa leaid óg seo, gan dabht. Ach ba léir nach buachaill glic a bhí ann. Shín an bainisteoir amach a lámh chuig Cian.

'Bíodh sé ina mhargadh, mar sin,' ar sé.

Rug Cian ar a lámh.

'Bíodh sé ina mhargadh,' ar sé go sásta agus chroith sé a lámh.

Agus sin mar a bhí ar feadh an tséasúir. D'oibrigh Cian amach straitéisí imeartha d'fhoireann Setanta chuile sheachtain agus chuir an bainisteoir bacach i láthair na n-imreoirí iad ar nós gur leis féin iad. Ghnóthaigh foireann Setanta chuile chluiche a d'imir siad. Bhí an contae go léir ag tabhairt tacaíochta dóibh sula i bhfad. Ní raibh a sárú le fáil sa cheantar ná sa chontae. Sa chúige, fiú!

Faoi dheireadh tháinig lá an chluiche leathcheannais. Bhí Cian ar bís. Dá mbainfeadh siad inniu bheadh foireann Setanta ag imirt sa chluiche ceannais i bPáirc an Chrócaigh. Agus, níos fearr fós, bheadh a fhios ag chuile dhuine beo gur mar gheall airsean, Cian Ó Buacháin, a bheadh siad ag imirt ann. Bhí margadh déanta aige leis an mbainisteoir bacach. Dá mbainfeadh foireann Setanta inniu, d'inseodh seisean do chách gurbh é Cian fear na straitéise i ndáiríre.

Sheas Cian ar an taobhlíne. Bhí an bainisteoir bacach trasna uaidh. D'ardaigh Cian a ordóg leis chun ádh maith a ghuí leis ach níor thug an bainisteoir bacach aon aird air. Bhí iontas ar Chian. Agus beagáinín imní. An é nach bhfaca an bainisteoir i measc na sluaite é?

Ach bhí imní ar an mbainisteoir bacach freisin.

Cé gur theastaigh uaidh an cluiche seo a bhaint níor theastaigh uaidh a insint d'éinne nach é féin a chum na straitéisí nua a bhí ag foireann Setanta an séasúr sin. Ach b'in é an margadh a bhí déanta aige le Cian. Chaithfeadh sé smaoineamh ar phlean éigin roimh dheireadh an chluiche. Plean a chinnteodh gurbh eisean a bheadh mar laoch an lae.

Amach ar an bpáirc le foireann Setanta. Bhí chuile liú as an lucht leanúna le háthas agus le bród. Thosaigh an cluiche. Bhí a chroí ina bhéal ag Cian. Bhí a chroí ina bhéal ag an mbainisteoir bacach. Pocanna arda, pocanna ísle, pocanna fada agus pocanna gearra. Cúilín agus cúilín eile. Suas síos an pháirc le foireann Setanta ar nós na lasrach. Ní raibh seans ar bith ag an bhfoireann eile. Séideadh an fhead deiridh. Bhéic lucht leanúna Setanta amach in ard a ngutha. Léim na himreoirí i mullach a chéile. Léim an bainisteoir bacach ar a leathchos. Ba bheag nár léim croí Chéin amach as a bhéal le bród. Bhí foireann Setanta ar an mbealach go Páirc an Chrócaigh a bhuíochas dósan! Rug na himreoirí ar an mbainisteoir bacach.

Bhí foireann Setanta ar an mbealach go Páirc an Chrócaigh a bhuíochas dósan!

D'fhéach Cian suas ar an mbainisteoir bacach. D'fhéach an bainisteoir bacach anuas ar Chian. Rinne Cian a bhealach chuige tríd na hiriseoirí agus na grianghrafadóirí a bhí bailithe thart air.

'Cén t-am a bheas an phreasócáid lena fhógairt gur mise, agus nach tusa, a d'oibrigh amach na straitéisí imeartha?' ar seisean de chogar.

'An phreasócáid?' arsa an bainisteoir bacach. 'Cén phreasócáid? Imigh thusa abhaile anois, maith an buachaill. Beidh do mhamaí ag fanacht ort.'

D'iompaigh sé a dhroim le Cian agus thosaigh sé ag meangaireacht leis an slua.

'Ach rinne tú margadh liom!' arsa Cian, é ag caint os ard an uair seo. 'Gheall tú dá mbuafadh Setanta an cluiche seo go n-inseofá don saol mór gur liomsa na straitéisí imeartha agus nach leatsa iad!'

'Margadh?' arsa an bainisteoir bacach. 'Ní cuimhin liomsa aon chaint ar mhargadh. Ar aghaidh leat abhaile anois, maith an fear.'

D'iompaigh sé a dhroim le Cian arís. Ach, an

iarraidh seo, thosaigh Cian ag béicíl leis an slua.

'Níorbh é an bainisteoir bacach a d'oibrigh amach na straitéisí imeartha d'fhoireann Setanta. Mise a rinne é! Is fealltóir agus bréagadóir bradach é!'

D'iompaigh na grianghrafadóirí a gceamaraí ar Chian agus thosaigh siad ag clic-clic-cliceáil. Bhí Cian dallta acu. Siúd leis na hiriseoirí ag scríobh ina leabhar nótaí. Níor dhúirt an bainisteoir bacach tada. Bhí ciúnas ann (ach amháin clic-clic-cliceáil na gceamaraí). Ansin lig an bainisteoir bacach gáire mór millteach. Gáire mór gránna. Gáire mór fealltach.

'An gcluin sibh é! Há! Há! Há! A leithéid! Buachaill dhá bhliain déag d'aois ag oibriú amach straitéisí imeartha d'fhoireann daoine fásta! Sin ceann maith daoibh anois!' ar seisean.

Thosaigh na hiriseoirí ag gáire. Thosaigh na grianghrafadóirí ag gáire. Níorbh fhada go raibh an slua ar fad ag gáire. Chuile dhuine ag gáire ach amháin Cian. Bhí seisean náirithe. D'fhéach sé ar an mbainisteoir bacach. Líon a chroí le fuath dó. Bhí fonn air dorn sa phus a thabhairt dó ach níor thug. Chrom sé a cheann agus thug aghaidh ar an mbaile agus macalla an gháire fós ina chluasa.

Lig an bainisteoir bacach osna faoisimh. Nach air a bhí an t-ádh nár scaoileadh a rún faoi na straitéisí imeartha. Bhí clú agus cáil air anois mar bhainisteoir iománaíochta den scoth chomh maith lena chlú mar shárimreoir! Smaoinigh sé ar thrófaí Chú Chulainn a bhí suite ar an matal sa bhaile aige. Ar feadh nóiméidín tháinig náire air toisc an rud a rinne sé ar Chian. Bhí trua aige do Chian. Ach samhlaigh dá n-inseodh sé an fhírinne. Ní bheadh meas air go deo arís! Sin rud nach bhféadfadh sé a sheasamh.

Thosaigh na grianghrafadóirí ag glaoch air agus ag clic-clic-cliceáil an athuair. Rinne an bainisteoir dearmad glan ar Chian agus ar chomh gránna is a bhí sé leis. D'fhéach sé go sásta ar an slua agus ar an bhfoireann bhuacach.

'Hurá! Hurá!' a chan an slua. 'Táimid ar ár mbealach go Páirc an Chrócaigh a bhuíochas don bhainisteoir bacach! Hurá! Hurá!'

Shiúil Cian thar na carranna uilig a bhí páirceáilte ar thaobh an bhóthair. Dathanna fhoireann Setanta crochta ar gach aon cheann acu nach mór. Shiúil sé síos an tsráid thréigthe. Póstaeir mhóra le beannachtaí daite crochta as chuile fhuinneog.

Bhí Cian ar buile leis an mbainisteoir bacach. Ní raibh ann ach bréagadóir bradach. É féin agus a sheantrófaí lofa!

'Seans nár bhain sé in aon chor é,' arsa Cian leis féin. 'Seans gur ghoid sé ó bhuachaill éigin eile é! Buachaill cosúil liomsa. Seans gur ...'

Stop Cian ag siúl. Bhí sé taobh amuigh de theach an bhainisteora bhacaigh agus bhí na heochracha fágtha sa doras! An iomarca deifre chun na páirce is cosúil. Bhí Cian ar tí imeacht arís nuair a bhuail smaoineamh é. Smaoineamh dána. Smaoineamh gránna. D'fhéach sé mórthimpeall. Ní raibh éinne le feiceáil ar an tsráid. Bhí chuile dhuine ag an bpáirc imeartha, fós ag ceiliúradh leis an mbainisteoir bacach, dar ndóigh! Go sciobtha, chas Cian an eochair sa ghlas agus isteach leis.

Bhí an teach trína chéile. Éadach agus bruscar caite chuile áit. Ach amháin sa seomra suite. Bhí an seomra suite chomh slachtmhar néata lena bhfaca tú riamh. I lár an mhatail, bhí trófaí Chú Chulainn ina sheasamh go bródúil ina aonar. An trófaí a chruthaigh gur saineolaí ar an iománaíocht é an bainisteoir bacach.

D'fhéach Cian ar an trófaí. Cú Chulainn, leath ina sheasamh, ceangailte de chloch mhór ar eagla go dtitfeadh sé go talamh roimh a namhaid. A cheann cromtha go brónach. Fiach dubh ar a ghualainn. Cú Chulainn. An t-iománaí is fearr a thóg camán ina lámh riamh. Fear a thuig ceart agus cóir. Lig Cian osna. Ní raibh a leithéid de thrófaí tuillte ag an mbainisteoir bacach. Ach ní raibh sé ceart ná cóir ag Cian é a ghoid uaidh ach an oiread. Chas Cian ar a sháil agus amach an doras leis.

Thit an bainisteoir bacach ina chnap ar an gcathaoir bhog sa seomra suite. D'fhéach sé trasna ar a thrófaí luachmhar. Trófaí Chú Chulainn. An t-iománaí is fearr a thóg camán ina lámh riamh. Tháinig náire ar an mbainisteoir bacach.

'Ná breathnaigh orm mar sin,' ar sé le trófaí Chú Chulainn. 'Bheinn i mo cheap magaidh ceart i measc an phobail dá n-inseoinn dóibh gurb é Cian is nach mise a d'oibrigh amach na straitéisí imeartha don fhoireann! Samhlaigh é!'

Thóg Cú Chulainn a cheann agus d'fhéach idir an dá shúil ar an mbainisteoir bacach.

'Is cuma má fhaighim bás inniu nó amárach, chomh fada is go mairfidh mo chlú is mo cháil?' ar sé.

Léim croí an bhainisteora bhacaigh.

'Sin é go díreach é!' ar sé go sásta. 'Bhí a fhios agam go dtuigfeá mo chás.'

'Mo náire thú!' arsa trófaí Chú Chulainn agus nimh ina ghlór. 'Tá a fhios agat nach bhfuil ionat ach feallaire lofa agus bréagadóir bradach!'

Chrom an bainisteoir bacach a cheann le náire.

'Aclaíocht! Dílseacht! Ónóir!' arsa an trófaí. 'Ní leor ceann amháin d'uireasa na gceann eile. Ní leatsa an clú is an cháil má ghoid tú ó dhuine éigin eile é.'

Chrom Cú Chulainn a cheann agus sheas balbh arís ar an matal. Thuig an bainisteoir bacach céard a bhí le déanamh anois aige.

Tar éis mórán cuir agus cúitimh bheartaigh Cian a ghabháil chuig an gcluiche ceannais. Níor theastaigh uaidh gan foireann Setanta a fheiceáil ag imirt i bPáirc an Chrócaigh. Nár chuma mura raibh a fhios acu gur mar gheall airsean a bhí siad ann. Bhí a fhios aige féin gurbh in é an cás. B'in an rud ba thábhachtaí.

Bhí Páirc an Chrócaigh ag damhsa le lucht leanúna Setanta. Tháinig siad ó gach cearn den chontae. Chuile dhuine acu ag caitheamh dathanna an chlub go mórtasach. Chonaic Cian an bainisteoir bacach ina sheasamh leis féin ar an taobhlíne. Amach leis na himreoirí. Séideadh an fheadóg. Bhí an cluiche tosaithe.

D'fhéach an bainisteoir bacach suas ar an slua mór a tháinig chun tacaíocht a thabhairt d'fhoireann Setanta. Bhí sé ag cuartú aghaidh amháin ina measc. Aghaidh buachalla dhá bhliain déag d'aois. Buachaill a raibh an-tuiscint aige ar an iománaíocht, cé nach raibh ar a chumas an cluiche a imirt go maith é féin. Is ansin a chonaic sé é. Cian Ó Bucháin ag béicíl is ag screadaíl leis an bhfoireann.

'Suas an pháirc libh, a leisceoirí lofa! Ní sa bhaile ag cniotáil atá sibh anois!' ar sé.

Rinne an bainisteoir bacach gáire beag leis féin. Bhí sé an-sásta gur sheol sé ticéad don chluiche chuig Cian.

Rith na himreoirí suas síos an pháirc gan stad. Ní raibh a sárú le fáil. Bhí an slua ag screadaíl is ag béicíl in ard a ngutha. Nuair a séideadh an fhead deiridh ní raibh aon amhras ann ach gurbh í foireann Setanta an fhoireann ab fhearr ar an lá.

Cheap Cian go bpléascfadh a chroí le háthas agus le bród. D'fhéach sé ar an gcaptaen, Aodh Ó Dubhthaigh, a bhí anois ag glacadh an choirn ar son na foirne. Ba chuma anois cén chaoi ar éirigh le foireann Setanta a theacht go Páirc an Chrócaigh, ach an corn a bheith leo chun an bhaile. Thosaigh an captaen ag caint agus thit tost ar an slua.

'Is mór an onóir domsa an corn seo a ghlacadh ar son fhoireann Setanta!'

Phléasc an slua. Lean an captaen air.

'Murach fear amháin, ní bheadh muid anseo inniu. A dhaoine uaisle, Seán de Paor, an bainisteoir!'

Shiúil an bainisteoir bacach i dtreo an chaptaein.

Thóg sé an corn ina lámh. D'fhéach sé idir an dá shúil ar Chian agus tharraing anáil mhór cheolmhar trína fhiacla briste.

'A bhuíochas do Chian Ó Buacháin atáimid anseo inniu,' ar sé amach go hard.

Thit tost ar an slua. D'fhéach chuile dhuine ar Chian. Céard a bhí i gceist ag an mbainisteoir?

'Ní hionann i gcónaí imreoir maith agus bainisteoir cumasach,' arsa an bainisteoir bacach. 'Agus b'in mar a bhí sa chás agamsa. Tá an fear óg seo, Cian Ó Buacháin, tar éis a bheith ag obair liom an t-am ar fad ag cur straitéisí imeartha cruinne, cliste, cumasacha ar fáil d'fhoireann Setanta. Ní dhearna mise ach iad a chur i láthair na foirne. Is é Cian a rinne an obair chrua ar fad. A dhaoine uaisle, cuirim in bhur láthair sárstraitéisí fhoireann Setanta, Cian Ó Buacháin!'

Leis sin, shín an bainisteoir bacach an corn chuig Cian.

'Tá fíorbhrón orm,' ar sé de chogar. 'Rinne mé feall uafásach ort.'

Bhí iontas an domhain ar Chian. Ghlac sé leis an

gcorn. Bhí sé trom. Thóg na himreoirí Cian in airde ar a nguaillí agus d'iompar timpeall na páirce é. Bhí an slua ar bís.

'Hurá! Hurá!' ar siad. 'A bhuíochas do Chian atáimid anseo!'

Siúd leis na hiriseoirí ag scríobh ina leabhar nótaí. Thosaigh clic-clic-cliceáil na gceamaraí arís. Theastaigh ó gach éinne grianghraf a fháil de Chian. Rinneadh dearmad ar an mbainisteoir bacach.

Sheas an bainisteoir bacach leis féin ag geataí Pháirc an Chrócaigh. Bhí sé ag fanacht leis an mbus le hé a thabhairt chun an bhaile. Chonaic Cian é agus chuaigh anonn chuige.

'Go raibh maith agat,' ar sé.

'Go ndéana a mhaith duit,' arsa an bainisteoir bacach.

Leis sin tháinig an bus.

'Inis seo dom,' arsa Cian agus an bainisteoir bacach ar tí a ghabháil ar an mbus. 'Cad a thug ort an fhírinne a insint?'

'Don aclaíocht, don dílseacht agus don onóir a sheasann trófaí Chú Chulainn, an dtuigeann tú,' arsa an bainisteoir. 'Dá n-uireasa níor cheart go mbeadh sé suite ar do mhatal agat sa bhaile.'

Léim an bainisteoir bacach ar an mbus. D'fhéach Cian ina dhiaidh. Má b'in an cás, b'fhéidir go mbeadh trófaí Chú Chulainn suite ar an matal aigesean lá éigin amach anseo.

'Hurá! Hurá!' a chan an slua. 'A bhuíochas d'fhoireann Setanta tá an corn ag teacht linn chun an bhaile! Hurá! Hurá!'

Carraigín

Patricia Forde agus
Ailbhe Nic Giolla Bhrighde

Cén tóin a bhíonn fliuch i gcónaí?
Tóin na farraige.

'*Fuuuuuíissss! Úúúúúúúúú!*' a scréach an Ghaoth Aduaidh.

Gheit Carraigín, an mhaighdean mhara. Rug sí ar sciathán Jimí-Joe-Jeaic.

'An Ghaoth Aduaidh?' ar sí go heaglach ag féachaint i dtreo dhoras na pluaise.

Scaoil an faoileán beag an greim a bhí ag a chara air.

'Anois, anois,' ar sé. 'Níl ansin ach na maighdeana

mara eile. Ag caoineadh faoina gcuid gruaige arís, is dócha!'

'Ní hea,' arsa Carraigín. 'An Ghaoth Aduaidh atá ann go cinnte. Tá fhios agam é!'

Chroith Jimí-Joe-Jeaic a cheann gobach.

'Ní féidir léi thú a ghortú agus tú istigh anseo sa phluais,' ar sé. 'Ná bíodh aon fhaitíos ort.'

'Níl faitíos orm,' arsa Carraigín.

Ach bhí a heireaball ag crith leis an eagla.

'Bíonn faitíos ar chuile dhuine roimh rud eicínt,' arsa Jimí-Joe-Jeaic agus é ag smaoineamh ar an am deireanach ar thriail sé féin eitilt suas go hard sa spéir.

'Fuuuuuíissss! Úúúúúúúúúú!' arsa an Ghaoth Aduaidh arís.

Chroith ballaí na pluaise. Thit píosa den seancatapult a bhí á stóráil acu sa phluais anuas sa mhullach ar Jimí-Joe-Jeaic.

'Áááááábhuitse!' ar sé.

Lig an Ghaoth Aduaidh béic mhór fhíochmhar eile aisti.

'Cuidigh linn, a Charraigín!' a scread na

maighdeana mara ón stoirm amuigh. 'Tá na hiascairí
i mbaol ón nGaoth Aduaidh!'

Líon an phluais le loinnir dhearg sholas tarrthála
na n-iascairí. D'fhéach Carraigín ar Jimí-Joe-Jeaic.
Ní raibh dabht ar bith ann. Bhí an Ghaoth Aduaidh
i mbun a cuid cleasaíochta arís.

Cé hé an ceoltóir is fearr san fharraige?

An PORTán.

'DAR-MO-GHOB-GÉAR-TÁ-MO-THÓIN-SAN-AER!' arsa
Jimí-Joe-Jeaic agus é ag rith go béal na pluaise.

Shín sé a mhuineál amach go cúramach. Bhuail
tonn mhór mhillteach sa phus é.

'Ááááábhuitse!' ar sé.

'An bhfeiceann tú an Ghaoth Aduaidh?' arsa
Carraigín ó chúl na pluaise.

'Feicim na maighdeana mara eile ag snámh
i dtreo na n-iascairí.'

Leis sin, phléasc an Ghaoth Aduaidh anuas
ón spéir.

'Fuuuuuíssss! Úúúúúúúúúú!' ar sí go gránna.

'A fhaoileáin mhara, cá bhfuil do chara?'

Shnámh Carraigín de rúid go béal na pluaise is tharraing sí Jimí-Joe-Jeaic isteach arís díreach sula bhfuair an ghaoth aduaidh greim air.

'Dar-mo-sciathán-clé-cheap-mé-go-raibh-mé-réidh!' arsa Jimí.

D'fhéach Carraigín amach go cúramach. Chonaic na maighdeana mara eile í.

'An rópa, a Charraigín! Beir ar an rópa agus tarraing isteach na hiascairí,' a d'impigh siad.

D'fhéach Carraigín agus Jimí-Joe-Jeaic ar an rópa tarrthála a bhí ag bobáil ar bharr na dtonn. Chuir Carraigín a lámh amach go cúramach. Rinne an Ghaoth Aduaidh iarracht breith uirthi.

'Fuuuuuíssssss! Úúúúúúúúúúú!'

Tharraing Carraigín a lámh isteach arís go tapa. D'fhéach sí ar Jimí-Joe-Jeaic.

'An rópa,' ar sí faoi dheifir. 'Faigh é!'

'Mise?' ar seisean. 'Ag magadh atá tú!'

D'fhéach Carraigín amach. Bhí an Ghaoth Aduaidh ag iarraidh bád na n-iascairí a scrios. Bhí na maighdeana mara eile ag iarraidh stop a chur léi.

'Cuidigh linn, a Charraigín!' ar siad arís.

'Nílim in ann,' arsa Carraigín agus na deora léi. 'Nílim in ann.'

Cén capall nach féidir leis rith?

Capall mara.

'*Fuuuuuíisssss! Úúúúúúúúúú!*' arsa an Ghaoth Aduaidh agus í ag caitheamh tonnta móra fíochmhara le bád na n-iascairí.

'Gread leat!' arsa na maighdeana mara ach scairt an Ghaoth Aduaidh amach ag gáire agus bhuail a dorn in éadan chlár na farraige.

Leis sin, bhuail smaoineamh Jimí-Joe-Jeaic.

'An tseanslat iascaireachta!' ar sé go sciobtha.

Rug Carraigín ar an tseanslat iascaireachta a bhí crochta ar an mballa agus cheangail sí le tóin Jimí-Joe-Jeaic í.

'Áááááábhuitse!' arsa Jimí-Joe-Jeaic.

Níorbh in é go baileach a bhí i gceist aige!

'Beir ar an rópa!' a bhéic Carraigín agus chaith sí Jimí-Joe-Jeaic amach san fharraige.

Thriail Jimí-Joe-Jeaic breith ar an rópa.

'Háhááááá! Háhááááá!' arsa an Ghaoth Aduaidh. 'Tá tú agam anois, a phleota.'

Sciob sí an faoileán beag suas, suas, suas go barr na spéire.

Tharraing Carraigín ar an tslat iascaireachta. Tharraing sí agus tharraing sí ach ní raibh aon mhaith ann. Bhí an Ghaoth Aduaidh róláidir.

'Cuidigh liom, a Charraigín!' a scréach Jimí-Joe-Jeaic.

'Cuidigh linn, a Charraigín!' a scréach na maighdeana mara.

'Cuidigh linn!' a scréach na hiascairí.

'Céard a dhéanfas mé?' arsa Carraigín agus na deora léi arís.

'Fuuuuuíisssss! Úúúúúúúúúú!' arsa an Ghaoth Aduaidh. 'Ní fhaigheann éinne an ceann is fearr ormsa, a Charraigín Chatach! *Háhááááá! Háhááááá!'*

Leis sin, chonaic Carraigín an Réalta Thuaidh ag soilsiú trí na scamaill dhorcha.

'A Réalta Thuaidh, éist le mo ghuí. Sábháil

Jimí-Joe-Jeaic is na hiascairí,' ar sise.

Thosaigh an Réalta Thuaidh ag luascadh anonn is anall. Ansin, sula raibh seans ag Carraigín anáil a tharraingt, thuirling an réalta síos, síos, síos i dtreo na farraige.

'Bhóóóóáááááábh!' arsa Carraigín.

Splais! Thit an Réalta Thuaidh isteach san fharraige. Chonaic Jimí-Joe-Jeaic ag titim í. Ach ní fhaca an Ghaoth Aduaidh ná a searbhónta, an smugairle róin, í.

Cad a bhí ann roimh an ochtapas?

An seachtapas!

D'éirigh súnámaí mór aníos san uisce san áit ar thit an Réalta Thuaidh.

'Bhóóóóáááááábhóóóóó!' a scread na hiascairí agus a mbád ag surfáil ar bharr na dtonn. Chaith an súnámaí an bád isteach ar an trá.

'Stop!' a bhéic an Ghaoth Aduaidh leis an súnámaí.

Scaoil sí le Jimí-Joe-Jeaic agus thit seisean

bunoscionn isteach san uisce.

'Dar-mo-ghob-géar-'

'Fuuuuuiissss! Úúúúúúúúúúú!' arsa an Ghaoth
Aduaidh go crosta.

Rinne sí iarracht na hiascairí a tharraingt ar ais
isteach san fharraige.

'Gread leat abhaile!' arsa na maighdeana mara
agus rinne siad balla cosanta lena n-eireaball ar an
gcladach. 'Tá na hiascairí seo slán.'

'Fuuuuuiissss! Úúúúúúúúúúú!'

Lig an Ghaoth Aduaidh scread mhór mhillteach
amháin eile aisti sular imigh sí. Lean an smugairle
róin í. Ní fhaca Carraigín ag imeacht iad. Bhí sise ag
breathnú ar an Réalta Thuaidh a bhí anois ag bobáil
suas agus anuas san uisce in aice le béal na pluaise.

Cén madra nach féidir leis tafann?

Cú mara.

'Bhóóóóáááááábh!' arsa Carraigín. 'Nach álainn í.'

D'fhéach Jimí-Joe-Jeaic ar an Réalta Thuaidh a
bhí anois ina suí leo sa phluais.

'Níl sé seo ceart,' ar sé.

Ach ní raibh Carraigín ag éisteacht leis. Bhí sí faoi dhraíocht ag loinnir ghleoite na réalta.

'Ní féidir leat í a choinneáil,' arsa Jimí-Joe-Jeaic. 'Lá amháin eile agus beidh an ghealach lán arís. Ní mór dúinn an Réalta Thuaidh a chur ar ais sa spéir gan mhoill. Tá a fhios agat a ndeirtear faoin Réalta Thuaidh: an té a fheicfeas ag titim í, is é a chuirfeas sa spéir arís í.'

Chuir na focail 'gealach lán' critheagla ar Charraigín. Thuig sí go maith an dainséar a bheadh ann di féin agus do na maighdeana mara eile dá mbeadh gealach lán ann agus nach mbeadh an Réalta Thuaidh sa spéir. Fós féin, ní raibh fonn uirthi scaoileadh leis an réalta go fóill beag.

'Níl tada gur féidir linn a dhéanamh faoi anocht,' ar sí faoi dheireadh. 'Beidh an réalta togha anseo go maidin.'

Ach bhí imní mhór ar Jimí-Joe-Jeaic.

Ag teach na Gaoithe Aduaidh i gcroílár Chnoc na Fola bhí an smugairle róin ag cuntas anamnacha na n-iascairí a bhí gafa acu go dtí sin.

'A haon is a dó, sin a ceathar, a ceathar is a dó, sin a seacht.'

Ach ní raibh an Ghaoth Aduaidh ag éisteacht leis. Bhí sí ag smaoineamh ar na maighdeana mara.

'Sin an tríú bád iascaigh a sciob siad uaim le mí anuas,' ar sí go fíochmhar. 'Na caimiléirí bradacha!'

'San oíche amárach nuair a thitfeas an Réalta Thuaidh ón spéir, a Mháistreás,' arsa an smugairle róin go sleamhain, 'ní bheidh aon chosaint ag na maighdeana mara ar dhraíocht na lánghealaí!'

Bhreathnaigh an Ghaoth Aduaidh ar an smugairle róin.

'Oíche amháin eile, a Mháistreás,' ar seisean, 'agus beidh smacht iomlán agat orthu.'

Den chéad uair le fada bhí an Ghaoth Aduaidh sásta léi féin.

'*Háháááááá! Háháááááá!*' ar sí agus ríméad uirthi. 'Agus ní bheidh srian le mo chumhacht ansin!'

Chroith an cnoc. Chroith an smugairle róin. Chroith eireaball Charraigín ar urlár na pluaise.

Cén t-iasc is luachmhaire?

An t-iasc órga.

Lá arna mhárach dhúisigh ceiliúradh na maighdean mara eile Carraigín agus Jimí-Joe-Jeaic.

'Maith sinn! Maith sinn!' ar siad. 'Murach muide bheadh anamnacha na n-iascairí sin ag an nGaoth Aduaidh.'

'Huth!' arsa Carraigín. 'Nach mise seachas iadsan a shábháil na hiascairí. Mise a rinne mo ghuí leis an Réalta Thuaidh. Murach mise ní bheadh aon súnámaí ann!'

'Ná bac leo,' arsa Jimí-Joe-Jeaic.

Ach bhí Carraigín ag déanamh ar an bhfarraige cheana féin.

'Coinnigh do ghob dúnta faoin réalta!' a scréach Jimí ach bhí Carraigín bailithe léi.

Shnámh sí anonn go dtí an Charraig Mhór. Theastaigh uaithi, thar aon ní eile, a bheith páirteach sa cheiliúradh.

'Maith sinn! Maith sinn!' ar sí. 'Murach mise

agus mo ghuí bheadh anamnacha na n-iascairí ag an nGaoth Aduaidh!'

D'fhéach na maighdeana mara eile uirthi. Ní mó ná sásta a bhí siad.

'Gread leat, a scraiste!' arsa duine acu. 'Ghlaoigh muid ort ach níor tháinig tú i gcabhair orainn.'

'Níl ionat ach … ach … meatachán!' arsa duine eile.

'Ní maighdean mhara cheart thú in aon chor!' ar siad le chéile.

Leis sin, shnámh siad uaithi. Bhain Carraigín croitheadh as a heireaball go mall brónach.

'Ach, ach …' a chaoin sí.

Theastaigh uaithi a insint dóibh faoin Réalta Thuaidh ach bhí siad bailithe leo faoin uisce.

'Tar uait abhaile,' arsa Jimí. 'Ní mór dúinn an Réalta Thuaidh a chur ar ais sa spéir roimh thitim na hoíche.'

Cén charraig is boige san fharraige?

Carraigín.

'An bhfuil tú cinnte gur anocht a thitfeas sí?'
arsa an Ghaoth Aduaidh leis an smugairle róin agus
í ag stánadh go mífhoighneach ar an spéir a bhí fós
geal.

'Cinnte, táim cinnte!' arsa an smugairle róin.
'Titeann an Réalta Thuaidh ón spéir uair éigin tar
éis thitim na hoíche ar an tríú lá den tríú mí, chuile
trí mhíle bliain!'

'Ar an tríú lá?' a bhéic an Ghaoth Aduaidh agus
a bolg lán le fearg. 'Ach seo an ceathrú lá, a phleota!
Táimid ródhéanach anois le breith uirthi!'

'Úúúúúps,' arsa an smugairle róin. 'Is trua nach
bhfuil méara agam le cuntas.'

Ar ais sa phluais bhí Carraigín agus Jimí-Joe-Jeaic
ag tarraingt an tsean*catapult* go béal na pluaise.

'Faigh thusa an réalta,' arsa Carraigín le Jimí.

'Má fhaigheann éinne amach go raibh an
Réalta Thuaidh againn thar oíche,' arsa Jimí go
neirbhíseach, 'beidh ár bport seinnte.'

Bhain sé an cóta feamainne den Réalta Thuaidh.
Scairt loinnir ghleoite na réalta amach trí bhéal na
pluaise.

'Dá mbeadh tusa sásta eitilt suas go hard bheadh sí ar ais sa spéir againn faoi seo!' arsa Carraigín go mífhoighneach.

Chuir Jimí an réalta isteach sa *catapult*. Tharraing Carraigín siar, siar, siar é chomh fada is a rachadh sé. Ansin scaoil sí leis.

Bhúúúúúwisssss! Bhúúúííííín!

Suas i dtreo na spéire leis an Réalta Thuaidh. Leis sin, chuala Carraigín guth a d'aithin sí. Ach bhí sí rómhall.

'Féach, a Mháistreás! An Réalta Thuaidh!' arsa an smugairle róin.

Thuirling an Ghaoth Aduaidh anuas ar an réalta agus sciob léi í.

'*Háháááááá! Háháááááá!*' ar sise go gránna. 'Ní fada anois go mbeidh titim na hoíche ann agus an ghealach lán. Gan cosaint na Réalta Thuaidh beidh deireadh go deo le ré na maighdean mara. *Háháááááá! Háháááááá!*'

Céard a thugann sairdíní ar fhomhuireáin?

Cannaí lán daoine.

'Dar-mo-sciathán-clé-is-léir-go-bhfuil-muid-réidh!' arsa Jimí-Joe-Jeaic.

Ach bhí an scéal níos measa fiú ná mar a cheap sé. Nach raibh chuile shórt feicthe ag na maighdeana mara eile!

'Céard atá déanta agat anois, a Charraigín!'

ar siad agus uafás orthu.

'Ach nach í Carraigín a shábháil na hiascairí!' arsa Jimí.

'Is í Carraigín a ghoid an Réalta Thuaidh agus a thug don Ghaoth Aduaidh í!' arsa na maighdeana mara. 'Táimid réidh! Táimid réidh!' ar siad agus thosaigh siad ag caoineadh.

Chrom Carraigín a ceann le náire.

Bhí an Ghaoth Aduaidh an-sásta léi féin. Bhí an Réalta Thuaidh tugtha abhaile chuig Cnoc na Fola aici agus í curtha faoi ghlas ann.

'Anois,' ar sí, 'nuair a bheas deireadh leis na maighdeana mara féadfaidh mé an oiread iascairí agus is mian liom a sciobadh ón bhfarraige.'

Idir an dá linn bhí Carraigín agus Jimí-Joe-Jeaic i bhfolach sa phluais.

'IS-FUATH-LIOM-GÉILLEADH-ACH-CAITHFIMID-ÉALÚ,' arsa Jimí-Joe-Jeaic.

'Níl aon éalú ón nGaoth Aduaidh,' arsa Carraigín. 'Tá sí chuile áit!'

Bhí a fhios ag Jimí-Joe-Jeaic go raibh an ceart aici. D'fhan siad beirt ina dtost ar feadh tamaillín.

Amuigh ar an bhfarraige bhí na maighdeana mara eile fós ag caoineadh agus iad ag fanacht le titim na hoíche. Faoi dheireadh labhair Carraigín.

'Níl ach rogha amháin againn,' ar sí. 'Caithfimid a ghabháil go dtí Cnoc na Fola agus an Réalta Thuaidh a fháil ar ais.'

'Ach céard faoin nGaoth Aduaidh?' arsa Jimí-Joe-Jeaic agus alltacht air.

'Céard fúithi?' arsa Carraigín. 'Níl aon fhaitíos ormsa roimh an nGaoth Aduaidh.'

Ach bhí a fhios ag Jimí-Joe-Jeaic nárbh fhíor é sin.

Cé acu is minice a mbíonn ocras uirthi,
an ghealach nó an ghrian?
An ghrian. Bíonn an ghealach lán ó am go chéile!

Bhí an ghrian ag dul a luí nuair a shroich Carraigín agus Jimí-Joe-Jeaic Cnoc na Fola. Chuala siad an Ghaoth Aduaidh agus an smugairle róin ag comhrá taobh istigh. Bhí croí Charraigín ag bualadh go tapa. D'fhéach sí ar Jimí-Joe-Jeaic agus thug an nod dó.

'An bhfuil tú réidh?' ar sí.

'Seo linn!' arsa Jimí-Joe-Jeaic agus tharraing sé meigeafón mór amach as a mhála droma.

Thug sé do Charraigín é agus chuir sise lena béal é. Siúd léi ag béicíl in ard a gutha.

'Cuidígí linn! Cuidígí linn! Tá iascairí i mbaol!'

Tháinig na maighdeana mara eile faoi dheifir, deora fós ina súile. D'fhéach siad mórthimpeall. Ní raibh aon iascairí le feiceáil.

'Cad atá ar siúl ag Carraigín anois?' ar siad. 'An é go bhfuil sí faoi dhraíocht na lánghealaí cheana féin?'

Lean Carraigín agus Jimí-Joe-Jeaic orthu ag béicíl.

Istigh i gCnoc na Fola léim an Ghaoth Aduaidh ina seasamh.

'Iascairí!' ar sí. 'Iascairí i mbaol?'

'Sin jab dúinne,' arsa an smugairle róin.

Agus ar luas lasrach bhí an Ghaoth Aduaidh bailithe léi as Cnoc na Fola agus an smugairle róin sna sála uirthi.

Chomh luath is a chuala Carraigín ag teacht ina treo iad thum sí faoin uisce. Lean Jimí-Joe-Jeaic í.

Shleamhnaigh Carraigín agus Jimí-Joe-Jeaic amach as an bpoll uisce a bhí i gcroílár Chnoc na Fola. D'fhéach siad timpeall ar theach na Gaoithe Aduaidh. Bhí sé chomh slachtmhar néata lena bhfaca tú riamh.

'Bhóóóóáááááábh!' arsa Jimí-Joe-Jeaic.

'Déan deifir,' arsa Carraigín de chogar. 'Ní thógfaidh sé i bhfad orthu a oibriú amach gur bhuail muid bob orthu.'

Ní raibh an Réalta Thuaidh le feiceáil in aon áit. Chuartaigh siad thuas agus chuartaigh siad thíos. Chuartaigh siad thall agus chuartaigh siad abhus. Ach réalta ná réalta ní raibh le fáil.

'Caithfidh go bhfuil sí anseo áit éigin,' arsa Carraigín.

'B'fhéidir gur thug siad leo í,' arsa Jimí-Joe-Jeaic.

'Níl mé ag fágáil gan í!' arsa Carraigín agus bhuail sí a heireaball le fearg in éadan an bhalla.

Leis sin, bhog carraig mhór a bhí in aice léi. Scairt solas na Réalta Thuaidh amach as seomra rúnda a bhí taobh thiar den charraig.

'Bhóóóóáááááábh!' arsa Jimí-Joe-Jeaic.

'Húrá!' arsa Carraigín. 'Is anseo atá sí!'

'Agus is anseo a fhanfaidh sí, a Charraigín Chatach!' arsa an Ghaoth Aduaidh go fíochmhar feargach taobh thiar di.

Cén fáth a n-eitlíonn na héin ó dheas sa gheimhreadh?

Thógfadh sé rófhada orthu siúl.

Chas Carraigín timpeall agus an réalta ina glac aici. Bhí an Ghaoth Aduaidh ag stánadh uirthi, a bolg lán le fearg. Chroith eireaball Charraigín.

'Dar-mo-sciathán-clé ...' arsa Jimí go faiteach.

Chaith Carraigín slám gainimhe leis an nGaoth Aduaidh.

'Áááááábhuitse!' a scread an ghaoth agus a súile lán gainimh.

'Tabhair dom an réalta, a Charraigín Chatach, nó gearrfaidh mé an t-eireaball díot!' ar sí go fíochmhar.

Rug sí ar eireaball Charraigín agus tharraing chuici í.

'A Charraigín!' a bhéic Jimí-Joe-Jeaic agus a chroí lán eagla.

Chaith Carraigín an réalta i dtreo a cara.

'Cuir ar ais sa spéir go sciobtha í, a Jimí! Níl nóiméad le spáráil!'

'Ach cén chaoi a gcuirfidh mé ar ais í?' arsa Jimí-Joe-Jeaic. 'Tá an *catapult* sa phluais!'

'Eitil, a Jimí! Caithfidh tú eitilt suas sa spéir léi!'

'Eitilt! Mise? Suas sa spéir?'

Thit an Réalta Thuaidh ag cosa Jimí-Joe-Jeaic. D'fhéach sé uirthi go heaglach.

'*Háháááááá! Háháááááá!*' arsa an Ghaoth Aduaidh. 'Jimí-Joe-Jeaic ag eitilt! Samhlaigh é! Nach bhfuil a fhios ag madraí na mara go bhfuil faitíos ar Jimí-Joe-Jeaic roimh eitilt suas go hard!'

Rinne an Ghaoth Aduaidh iarracht an réalta a sciobadh ón talamh ach ní fhéadfadh sí é sin a dhéanamh agus greim a choimeád ar eireaball sleamhain Charraigín.

'Tá tú in ann chuige, a Jimí-Joe-Jeaic,' arsa Carraigín. 'Tá tú in ann!'

Rug Jimí-Joe-Jeaic ar an réalta ina ghob agus suas, suas, suas leis trí shimléar an chnoic agus amach san oíche dhorcha. Bhí an ghealach lán agus í ag déanamh iarrachta briseadh amach trí na scamaill. Bhí na maighdeana mara eile fós ag caoineadh.

'Táimid réidh!' ar siad. 'Táimid réidh!'

'Coinnigh ort, a Jimí. Coinnigh ort!' a bhéic Carraigín.

Cén t-ainm is féidir a ithe?
Carraigín.

Scaoil an Ghaoth Aduaidh le Carraigín. Suas léi in airde sa spéir sa tóir ar Jimí-Joe-Jeaic. Chonaic Carraigín ag imeacht iad agus sciatháin a carad dílis ag bualadh go tréan.

'Maith thú! Coinnigh ort!' arsa Carraigín.

Ach stop Jimí-Joe-Jeaic ag eitilt.

'Há! Há!' arsa an smugairle róin agus shleamhnaigh sé isteach san uisce.

Lean Carraigín é.

Thuas sa spéir, shéid an Ghaoth Aduaidh cléití Jimí-Joe-Jeaic, anonn is anall, anoir is aniar. Bhí an réalta fós ina ghob aige ach bhí scéin ina shúile.

'Tá tú agam anois, a phleota!' a gháir an Ghaoth Aduaidh.

Thíos fúthu, ghlaoigh Carraigín ar na maighdeana mara eile le cabhrú léi.

'Caithfidh muid tacú le Jimí-Joe-Jeaic!' ar sí.

Ach níor thug siad aon aird uirthi.

'Bíodh agaibh, mar sin!' arsa Carraigín. 'Déanfaidh mé féin é!'

Thosaigh sí ag bualadh a heireaball ar chlár na farraige.

'Jim-í! Jim-í! Jim-í!' a bhéic sí in ard a gutha.

Chuala Jimí-Joe-Jeaic í. Siúd leis ag eitilt arís. Suas, suas, suas leis i dtreo na gealaí agus an Réalta Thuaidh ag lonrú ina ghob. Leis sin, chuala

Carraigín glórtha na maighdean mara eile taobh thiar di.

'Jim-í! Jim-í!' ar siad go bríomhar.

Is ar éigean a bhí Jimí-Joe-Jeaic in ann eitilt i gcoinne na Gaoithe Aduaidh. Ach choinnigh sé air go raibh sé thuas i measc na scamall. Ansin ní raibh rud ar bith le feiceáil ach an dorchadas agus loinnir lag na lánghealaí taobh thiar de na scamaill.

'Ó, a Jimí-Joe-Jeaic!' arsa Carraigín de chogar. 'Cá bhfuil tú?'

Dhruid na maighdeana mara eile isteach uirthi.

'Ná bíodh imní ort,' ar siad. 'Rinne tú do dhícheall.'

Thosaigh na maighdeana mara eile ag canadh go híseal agus iad cinnte go raibh deireadh le Jimí-Joe-Jeaic. Shéid an Ghaoth Aduaidh a raibh fágtha ina bolg leis na scamaill dhorcha agus scaip iad go bun na spéire. Chonaic Carraigín an ghealach lán, í chomh bán le péarla agus dreach draíochtach uirthi. In aice léi, áfach, shoilsigh an Réalta Thuaidh, a loinnir aoibhinn álainn mar a bheadh seoid luachmhar agus í ag tabhairt cosanta do na maighdeana mara. Thuirling éan beag bán i dtreo na farraige, a sciatháin ag bualadh go tréan agus a ghob folamh! Bhí an Ghaoth Aduaidh spíonta. Shleamhnaigh an smugairle róin leis abhaile.

Tháinig an samhradh go luath an bhliain sin. D'fhéach Carraigín amach béal na pluaise. Bhí an ghrian go hard sa spéir agus bhí an fharraige ciúin. Chonaic na maighdeana mara eile í.

'A Charraigín!' arsa duine acu. 'Cabhraigh liom mo ghruaig a chíoradh. Tá sí mar a bheadh cnap feamainne!'

'Cabhraigh liomsa amhrán nua a chumadh,' arsa duine eile.

Phreab eireaball Charraigín le háthas. Bhí sí ina maighdean mhara cheart faoi dheireadh.

'Cááááá! Cááááá!'

D'fhéach Carraigín in airde. Chonaic sí Jimí-Joe-Jeaic thuas sa spéir ghorm ag casadh mar a bheadh roth ann. Thurling sé in aice le Carraigín.

'An bhfaca tú mé?' ar seisean.

'Chonaic!' arsa Carraigín. 'Bhí tú go hiontach!'

Leis sin rith scamaill dhorcha thar éadan na gréine. D'fhéach Carraigín mórthimpeall. Tada. Ansin chuala sí é!

'Fuuuuuíssss! Úúúúúúúúú!'

An Ghaoth Aduaidh a bhí ann. D'fhéach chuile dhuine ar Charraigín.

'Bhuel! Bhuel!' ar sí. 'Ár seanchara an Ghaoth Aduaidh! Ní fhaca muid ise le fada.'

'Ní maith léi an ghrian,' arsa Jimí-Joe-Jeaic.

'Tá faitíos uirthi roimpi,' arsa na maighdeana mara eile.

'Bíonn faitíos ar chuile dhuine roimh rud eicínt,' arsa Carraigín.

'Ach níl aon fhaitíos ortsa roimh an Ghaoth Aduaidh níos mó,' arsa Jimí-Joe-Jeaic.

'Ná ortsa roimh eitilt suas go hard,' ar sise ar ais leis. 'Dar-oíche-is-lá-nach-orainne-atá-an-t-ádh!' arsa Jimí-Joe-Jeaic agus suas leis go barr na spéire.

Thum Carraigín faoin uisce agus meangadh mór gáire ar a haghaidh.

'Nach orainn atá!' ar sí de chogar.

Na Laethanta Órga

Máire Ní Chualáin

Ar thug tú faoi deara go mbíonn aimsir dheas chiúin ann roimh an Nollaig? Ag an tráth sin bliana, sula dtosaíonn an ghrian ag casadh ar ais arís agus sula dtosaíonn fad ag teacht ar an lá, bíonn an aimsir geal agus go breá uaireanta. Bíonn an fharraige ina gloine, agus bádóirí agus iascairí in ann dul ar an bhfarraige gan fuacht gan faitíos.

'Cén fáth é sin?' a deir tú.

Bhucl, bhí cailín ann fadó agus Ailcín an t-ainm a bhí uirthi. B'iníon le hAeólas í agus ba é Aeólas a bhíodh ag faire ar an ngaoth. Dia na Gaoithe a thugtaí air.

Nuair a bhí Ailcín ina gearrchaile thit sí i ngrá leis an rí Céacs. Bhí siad mór le chéile ar feadh bliain nó dhó agus ansin phós siad. Bhí siad  sona sásta ar feadh i bhfad. Théadh siad chuile áit le chéile agus bhíodh an-spraoi agus spórt acu.

Lá amháin dúirt Céacs le hAilcín go gcaithfeadh sé dul ar aistear agus go mbeadh sé imithe ar feadh scaithimh.

'Tá orm imeacht go gairid,' a dúirt sé. 'Caithfidh mé dul ar thuras i bhfad ó bhaile. Beidh mé ar an bhfarraige ar feadh cúpla seachtain, ach tiocfaidh mé ar ais chomh sciobtha agus is féidir liom.'

Níor thaitin an chaint seo le hAilcín ar chor ar bith. Shocraigh sí labhairt lena hathair faoin scéal mar go raibh imní uirthi. Bhí gach eolas ag Aeólas faoin aimsir, ar ndóigh, mar gurbh é Dia na Gaoithe é. Ní haon dea-scéala a bhí ag a hathair di.

'Tá drochaimsir air. Tá gála agus stoirm geallta,' ar seisean.

Chuir caint a hathar scéin in Ailcín. Thosaigh sí ag impí ar Chéacs gan imeacht. Bhí barúil mhaith aici dá n-imeodh sé nach dtiocfadh sé slán abhaile go brách.

'Ná bíodh faitíos ort,' ar seisean. 'Ní bheidh mé i bhfad, a stóirín. Ní aireoidh tú an t-am ag imeacht agus beidh mé ar ais go luath agus mé slán sábháilte. Beidh muid chomh sásta agus a bhí riamh. Tabharfaidh mé chuile chineál seodra ar ais liom. Fan go bhfeicfidh tú na torthaí, na cnónna agus na spíosraí áille a bheas agam duit!'

'Ó, a ghrá geal mo chroí, tá mé scanraithe. Lig dom dul in éineacht leat. Tá faitíos orm nach bhfeicfidh mé go deo arís thú. Céard a dhéanfaidh mé má tharlaíonn tada duit, má bháitear thú? Cé a bheas anseo in éineacht liom agus tusa thíos ar ghrinneall na farraige?'

'Stop den chaint sin, a Ailcín. Tá a fhios agat go maith nach dtarlóidh aon rud mar sin dom. Is dócha go raibh tú ag caint le d'athair arís! Bíonn tú ag tabhairt an iomarca airde air. Ná bac leis. Ní bheidh an aimsir leath chomh dona agus atá sé a rá.'

Thuig Ailcín nach raibh aon mhaith di a bheith ag caint agus go gcaithfeadh sí scaoileadh leis. Ach bhí a croí briste agus í trína chéile.

Chaith siad an chuid eile de na laethanta ag baint sásaimh as comhluadar a chéile go dtí go raibh air imeacht. Bhí seisean ag fáil réidh dá aistear agus ní raibh an t-am i bhfad ag sleamhnú thart.

Róluath a tháinig an lá nuair a bhí ar Chéacs imeacht. Síos le hAilcín chuig an trá in éineacht leis. Bhí a shearbhóntaí agus a chomrádaithe ag fanacht. Ba ghearr gur chroch siad a gcuid seolta agus gur imigh siad leo. Bhí cuma thruamhéalach ar Ailcín agus í ag croitheadh láimhe ar Chéacs go ndeachaigh an bád as amharc. D'fhan sí ina seasamh ar an gcladach ar feadh píosa fada, ag cuimhneamh uirthi féin. Ansin chaoin sí uisce a cinn.

Bhí cúpla lá maith ar an bhfarraige ag na bádóirí agus iad ag seoladh leo. Ba dheas an chóir ghaoithe a bhí acu ag tús aimsire. Chiúnaigh cúrsaí ansin agus bhí sé ina chalm ar feadh lá nó dhó. Ach ba ghearr gur tháinig sé garbh agus gur réab an stoirm agus gur thosaigh an fharraige cháite ag bualadh an bháid agus ag teacht isteach sa mullach orthu. Bhí sé ag tuile báistí agus bhí lasracha agus toirneach ag dul thar a chéile.

Bhíodh Ailcín seasta síoraí ag cur ceisteanna ar a hathair faoin aimsir. Bhíodh sí á bhodhrú de lá agus d'oíche.

'Cén chaoi a bhfuil an lá inniu acu? An bhfuil an stoirm ag maolú? An mbeidh sé tada níos fearr tráthnóna? An mairfidh an doineann seo i bhfad?'

Bhí trua ag Aeólas dá iníon ach bhí olc aige dá chliamhain ag an am céanna.

'Cén cineál fir é sin, ar aon nós, a d'imeodh leis mar sin tar éis a ndúirt mé leis? Nach amaideach a bhí sé á chur féin sa gcontúirt sin agus do d'fhágáilse anseo i do chadhan aonraic!'

'Ach, a Dheaide, bhí air dul ar an aistear sin. Dúirt sé liom go dtiocfadh sé ar ais slán,' a d'fhreagair sí agus í ag ligean uirthi féin go raibh sí an-chróga agus nach raibh an scéal ag cur isteach ná amach uirthi.

Le himeacht aimsire bhí barúil mhaith ag Ailcín nach mbeadh Céacs ar ais. D'airigh sí uaithi go mór é. Is í a bhíodh tromchroíoch nuair a bhreathnaíodh sí amach ar an gcuan agus gan dé ar an mbád ná ar na fir. Bhíodh sí le cloisteáil i bhfad is i ngearr agus í ag olagón.

'Cá bhfuil tú, a stór mo chroí? Tá mé uaigneach i d'uireasa. Tar ar ais. Lig dom lán na súl a bhaint asat uair amháin eile.'

Lean an doineann agus an drochaimsir agus na fir ag déanamh gach a raibh siad in ann a dhéanamh le fanacht beo. Bhí siad ag cuimhneamh ar a muintir agus ar a gcairde sa mbaile. Bhí Céacs ag cuimhneamh ar Ailcín, ar ndóigh. Is é a bhí sásta nach raibh sí leis. Neartaigh an gála, laghdaigh siad na seolta agus rinne siad a seacht ndícheall. Ach fuair an nádúr an ceann is fearr orthu. Cuireadh an bád dá cúrsa agus b'éigean dóibh géilleadh agus imeacht le sruth.

Idir an dá linn, bhí Ailcín sa mbaile agus í cráite le himní. Maidin amháin rith sí síos chuig an áit ar imigh an bád as agus í ag breathnú amach ar bhun na spéire mar ba ghnách léi. Céard a chonaic sí ag teacht ina treo ar bharr an uisce ach corp a fir chéile. D'imigh sí as a meabhair ar fad. Rith sí amach ar bharr na gcarraigeacha agus chaith sí í féin san fharraige.

Ach chomh luath agus a theagmhaigh Ailcín leis an uisce tháinig claochlú uirthi, is é sin gur fhás sciathán uirthi agus gur athraigh sí ina héan. Thosaigh sí ag foluain thart timpeall ag iarraidh a bealach a dhéanamh chomh fada le Céacs, agus gach aon scréach aici. Sa deireadh, d'éirigh léi teacht chomh fada leis agus barróg a bhreith air. Ba mhór an díol trua iad.

Bhí na déithe ag breathnú anuas orthu agus

ghlac siad trua dóibh, áfach. Leis an gcumhacht agus leis an draíocht a bhí acu bhí siad in ann Céacs a athrú ina éan freisin, rud a rinne siad. Is dhá éan a bhí le feiceáil amuigh ar an domhain anois.

Ba ghearr gur éirigh agus gur eitil siad suas sa spéir le chéile agus iad ag casadh ceoil.

'Cheap mé nach dtiocfá ar ais chugam go brách,' a dúirt Ailcín. 'Féach muid anois agus muid chomh sásta lena bhfaca tú riamh.'

'Nach ndúirt mé leat go mbeinn ar ais? Bhí a fhios agam an lá sin ar imigh mé ón gcladach agus muid ag fágáil slán lena chéile go mbeadh muid i dteannta a chéile arís.'

'Nach bhfuil sé i bhfad níos fearr a bheith abhus anseo ag breathnú síos ar chuile dhuine ná a bheith thíos ar an talamh.'

'Tá, muise, agus is anseo a fhanfaidh muid chomh fada agus is féidir. Beidh muid ag coinneáil súil ghéar ar an dream thíos!'

D'fhan siad thuas sna spéartha agus bíonn siad ag guairdeall thart ann fós. Bíonn éanacha óga acu chuile bhliain roimh aimsir na Nollag. Sin an t-am a dtagann na laethanta deasa, órga agus an aimsir bhreá.

Bíonn a fhios ag Ailcín agus ag Céacs nach ligfidh Aeólas d'aon stoirm séideadh ag an am sin bliana. Bíonn Dia na Gaoithe ag faire ar a iníon agus ar na gearrcaigh óga a bhíonn sa nead léi ar bharr an uisce.

Ní bhíonn puth as aer. Bíonn an aimsir deas ciúin agus bíonn an fharraige ina clár i lár ghearróga dubha na Nollag.

Bean Phortaigh Mhín na mBradán

Uinsionn Ó Domhnaill

Tús mhí na Bealtaine 1978 a bhí ann agus bhí meitheal fear ag baint móna sa phortach leath bealaigh idir Inbhear agus Ard an Rátha. I dtrátha am lóin chuaigh Charlie a fhad leis an teach ba chóngaraí le citeal uisce a ghail. Le linn dó a bheith ar shiúl bhí Francie ag baint ar an tríú hurlár. Uair dár chuir Francie síos an sleán mhothaigh sé rud inteacht crua. Dar leis go raibh seo neamhghnách. Díreach ag an bhomaite sin phill Charlie leis an chiteal agus stad an obair. Shuigh siad síos ar ardán agus thug amach a gcuid ceapairí a fhad is a bhí Charlie ag ullmhú an tae.

Shuigh siad ansin ag déanamh a lóin. Ba dheas an lá é. Bhí siad ag baint suilt as an timpeallacht – aer an chaoráin, an fhuiseog, an gabhar deorach agus an chuach ag seinm agus níl tae ar bith comh blasta le tae a nítear ar an chaorán.

Francie ba thúisce a chríochnaigh a lón agus chuaigh sé caol díreach a fhad leis an bhachta go dtí an áit a raibh sé ag baint. Thosaigh sé a thochailt lena mhéara go bhfeicfeadh sé cad é a bhuail an sleán. An chéad rud a dtáinig sé air ná éadach. Faoin am seo bhí an triúr eile ag a thaobh. Thochail Francie ar shiúl tuilleadh den chaorán agus ní raibh i bhfad gur tuigeadh daofa go raibh rud inteacht istigh san éadach. Tharla sé go raibh scoilt san éadach agus é ceangailte le sreangán den ábhar chéanna leis an éadach. Scaoil siad an sreangán agus nocht lámh. Ba leor sin. Bhí a fhios acu gur corp a bhí ann.

'Stadaigí. Ná déanaigí níos mó,' arsa Charlie arbh leis an caorán.

'Seo cás do na gardaí,' arsa Tomás.

'B'fhéidir gur cheart dúinn cur fá choinne an tsagairt,' arsa duine eile.

'Bhuel, a fheara, is cosúil go bhfuil deireadh leis an obair inniu,' arsa Charlie a bhí ag súil lena chuid móna a bheith bainte roimh an tráthnóna.

'Cá háit a bhfaighidh muid fón?' arsa Francie.

'Tá mise ag déanamh go bhfuil fón i gceann de na tithe sin thoir,' arsa Tomás. 'Beidh a fhios agat féin, ar ndóigh. Tchífidh tú cuaile agus sreang ag gabháil a fhad leis an teach.'

D'imigh Francie agus ní raibh i bhfad go bhfuair sé teach le fón. Fuair sé an Garda Feeney i nDún Cionnaola ach ní raibh sé furasta a mhíniú díreach cá háit a raibh an corp. Ar scor ar bith, dúirt an garda nach mbeadh sé i bhfad agus d'iarr sé ar Francie seasamh ar thaobh an bhealaigh mhóir ag an áit ba dheise don chorp.

Ansin scairt Francie ar shagart paróiste Inbhir agus d'inis an scéal dó.

'Bhuel, cá háit go díreach a bhfuil an corp seo?' arsa an sagart.

Rinne Francie a dhícheall sin a mhíniú dó. Ní raibh sin furasta mar gur ceantar sléibhe a bhí ann gan tithe ar bith.

'Ó,' arsa an sagart. 'Sílimse go bhfuil an áit sin i bparóiste Ard an Rátha agus ní bheadh sé de cheart agamsa a ghabháil isteach i bparóiste eile.'

Mar sin de, b'éigean do Francie scairt a chur ar an tsagart paróiste in Ard an Rátha. Dúirt seisean go mbeadh sé amach gan mhoill ach duine inteacht seasamh ar thaobh an bhealaigh san áit ba chóngaraí don chorp.

Taobh istigh de leathuair bhí an Garda Feeney agus gardaí as Ard an Rátha ar an láthair.

I ndiaidh scrúdú gasta dúirt sé, 'Caithfidh mé cuidiú a fháil.'

Ar ais leis go dtí a charr agus labhair sé ar an raidió le ceannphort na ngardaí i mBéal Átha

Seanaidh. I gceann uaire bhí an áit lán gardaí agus bleachtairí. Tháinig ceannphort na ngardaí as Béal Átha Seanaidh i héileacaptar. Ní fhacthas a leithéid de scaifte riamh ar bhachta portaigh i Mín na mBradán. Bhuel, tharraing siad pictiúracha, scrúdaigh siad an timpeallacht, ghlac siad samplaí, thóg siad miosúir agus chuir siad na céadta ceist ar na fir a fuair an corp.

Ansin thosaigh siad a thochailt síos gur nocht siad an corp. Ghlan siad ar shiúl an caorán go cúramach. D'fhoscail siad an t-éadach a bhí thart uirthi agus, cinnte go leor, corp a bhí ann – corp mná. Bhí gruaig dhubh uirthi. Faoin ghréasan éadaí a bhí thart uirthi bhí sí tarnocht. Ní raibh bróg ná seodra uirthi. Bhí a craiceann donn agus ba dheacair a haois a inse ná cá fhad a bhí sí curtha anseo.

Gan mhoill tháinig eileatram, cuireadh an corp isteach i gcónair agus tugadh ar shiúl go stáisiún na ngardaí i mBéal Átha Seanaidh í. Rinne na gardaí tamall eile cuartaigh agus iniúchadh fán áit agus ansin de réir a chéile d'imigh siad. Chruinnigh meitheal na bhfear a gcuid acraí agus d'imigh siadsan chun an bhaile gan mórán móna bainte acu ach scéal mór le hinse.

An lá arna mhárach tháinig an Dr John Harbison go Béal Átha Seanaidh gur chuir sé scrúdú iarbháis ar an chorp. Ansin tugadh go Baile Átha Cliath í áit ar coinníodh i reoiteoir í go dtí go bhfaighfí faill scrúdú iomlán a dhéanamh uirthi.

Bhí 'Bean Phortaigh Mhín na mBradán' ar shiúl as an cheantar agus daoine eile ag plé léi. Ach i bParóiste Inbhir bhí an scéal ag méadú. Cérbh í féin? Cad é thug a bás? Cé a chuir sa chaorán í agus cad chuige? Ceisteanna, ceisteanna, ceisteanna.

Is gearr gur thosaigh na ráflaí.

'An bhfuil cuimhne agat ar a leithéid siúd de bhean a chuaigh ar iarraidh i Sligeach tá bliain ó shin? Bíodh geall gurb in í í?'

'Chuala mise tá fhear as na Sé Chontae a mharaigh a bhean, a chuir a corp isteach ina charr agus a d'imigh léi bealach inteacht. Ba gheall gurb in í.'

Bhí na ráflaí ag éirí ní b'fhearr. Ach sa deireadh

tháinig ceann amháin ar an tsaol a raibh craiceann na fírinne air agus creideadh é. Seo cnámha an scéil sin:

Fear as ceantar scoite sa pharóiste, darbh ainm Seán, a bhí ar an choigríoch le blianta, phill sé agus bean strainséartha leis. Chuaigh siad a chónaí i dteach a mhuintire a bhí marbh le fada. Ní raibh cónaí sa teach le blianta agus bhí cóiriú a dhíth air. Fuair Seán fear ceirde leis an chóiriú a dhéanamh. Lá amháin phlástráil siad an simléir agus díreach nuair a bhí siad críochnaithe thosaigh deora fearthainne ag titim. Isteach le Seán agus thug amach píosa mór éadaigh – bréidín a bhí ann. Is cosúil go raibh duine inteacht sa teach ag fíodóireacht tráth agus nár críochnaíodh an gréasán seo riamh. Cuireadh an bréidín thart ar an tsimléir lena chosaint ar an fhearthainn.

Oíche amháin cúpla mí ina dhiaidh sin bhí fear as Inbhear ag pilleadh chun an bhaile as Ard an Rátha agus i Mín na mBradán bhí fear amuigh ar an bhealach mhór ag iarraidh air stad. Seán a bhí ann. Dúirt sé gur chúlaigh sé a charr suas an portach áit a raibh sé ag dumpáil bruscair ach nuair a bhí sé ag fágáil go deachaigh an carr in abar. Bhí leantóir ar an charr ina raibh spád agus sluasaid agus cuma orthu go raibh siad in úsáid sa chaorán gan mhoill roimhe sin. Ní raibh i bhfad go raibh an carr ar an bhealach arís acu agus d'imigh achan fhear a bhealach féin agus sin a raibh de sin.

Ní fhacthas Seán ní ba mhó i dhiaidh sin. I dtaca leis an bhean de ní fhaca duine ar bith mórán di in am ar bith mar nach ndeachaigh sí amach i measc an phobail. Ní fhacthas ise ní ba mhó ach oiread.

B'in an scéal agus scéal maith a bhí ann. Glacadh leis.

Bhí ceisteanna ag gabháil thart –

'Do bharúil cá bhfuil sé anois?'

'An bhfaighfear greim air?'

'An dtabharfar ar ais go hÉirinn é lena thriail?'

'An bhfaighidh sé príosún?'

'An bhfuil go leor fianaise lena fháil ciontach?'

… agus mar sin de.

Ach anois an fhírinne. Ní le cúpla bliain a bhí an

bhean seo curtha ach le cúpla céad bliain. Fágfaidh muid an chuid eile ag an Dr Raghnall Ó Floinn, Ard-Mhúsaem na hÉireann. Seo a thuairisc:

museum
Ard-Mhúsaem na hÉireann

Ar an 5 Bealtaine 1978 rinne an Dr John Harbison, Paiteolaí an Stáit, agus an tUasal R. Ó Floinn ó Ard-Mhúsaem na hÉireann, scrúdú ar an chorp. Corp mná a bhí ann a bhí idir cúig bliana is fiche agus cúig bliana déag is fiche d'aois. Bhí an corp 1.5m ar fad. Ní raibh cruthúnas ar bith cad é a thug a bás. Bhí sí tarnocht diomaite de chlóca a bhí casta thart uirthi i bhfoirm taiséadaigh. Ní raibh dada eile ina teannta. Bhí an corp i gcruth maith taobh amuigh de na cosa a thosaigh a lobhadh cionn is go raibh siad cóngarach d'aghaidh an bhachta ó baineadh an mhóin bliain roimhe sin. Bhí a cloigeann tiontaithe ar chlé agus a smigead ina luí ar a gualainn. Bhí a sciathán deas sínte síos lena taobh agus a sciathán clé lúbtha ag an uillinn sa dóigh is go raibh sé ina luí ar a bolg. Bhí a cuid gruaige, a fabhraí, a malaí agus a cuid ingne caomhnaithe go maith. Bhí a craiceann donn ag sú an chaoráin, an sú céanna a chaomhnaigh go nádúrtha í.

Tugadh an corp go Baile Átha Cliath áit ar coinníodh i reoiteoir é go dtí 1985 nuair a cuireadh tús le scrúdú níos iomláine. Sa scrúdú sin rinneadh x-ghathú, scanadh CT, ionscópacht agus anailís ar a craiceann, a cuid gruaige, a cuid fiacla agus páirteanna eile den chorp. Ach ní bhfuarthas amach cúis a báis ná ní bhfuarthas aon mhórchuid eolais fána saol. Bhí sé soiléir nach raibh díobháil a coda uirthi. Ó scrúdú a cuid ingne ba chosúil nach ndearna sí obair chrua ar bith. Ba chosúil fosta gur chónaigh sí in áit a raibh toit agus d'fhéadfadh sé go raibh galar ar a cuid scamhán.

I mí Iúil 1985 tugadh an corp go Sasana lena chaomhnú. Le linn dó a bheith ansin rinneadh dátú carbóin air agus rinneadh amach gur mhair sí thart fán seisiú nó an seachtú haois déag.

Tá an corp faoi láthair in Ard-Mhúsaem na hÉireann ach is annamh a bhíonn sé ar taispeáint. An chuid is mó den am bíonn sé thíos sa siléar mar nach bhfuil go leor spáis sna seomraí taispeántais.

Níor baineadh an bachta sin den phortach ó shin.

NÁ CREID CHOÍCHE
AN CHÉAD SCÉAL GO
GCLUINFIDH
TÚ AN DARA SCÉAL.